Poésies

Stéphane Mallarmé

Poésies

EAN : 9782335009149

71100 Chalon-sur-Saône

Salut

Rien, cette écume, vierge vers
À ne désigner que la coupe ;
Telle loin se noie une troupe
De sirènes mainte à l'envers.

Nous naviguons, ô mes divers
Amis, moi déjà sur la poupe
Vous l'avant fastueux qui coupe
Le flot de foudres et d'hivers ;

Une ivresse belle m'engage
Sans craindre même son langage
De porter debout ce salut

Solitude, récif, étoile
À n'importe ce qui valut
Le blanc souci de notre toile.

Le Guignon

Au-dessus du bétail ahuri des humains
Bondissaient en clartés les sauvages crinières
Des mendieurs d'azur le pied dans nos chemins.

Un noir vent sur leur marche éployé pour bannières
La flagellait de froid tel jusque dans la chair,
Qu'il y creusait aussi d'irritables ornières.

Toujours avec l'espoir de rencontrer la mer,
Ils voyageaient sans pain, sans bâtons et sans urnes,
Mordant au citron d'or de l'idéal amer.

La plupart râla dans les défilés nocturnes,
S'enivrant du bonheur de voir couler son sang,
Ô Mort le seul baiser aux bouches taciturnes !

Leur défaite, c'est par un ange très puissant
Debout à l'horizon dans le nu de son glaive :
Une pourpre se caille au sein reconnaissant.

Ils tètent la douleur comme ils tétaient le rêve
Et quand ils vont rythmant des pleurs voluptueux
Le peuple s'agenouille et leur mère se lève.

Ceux-là sont consolés, sûrs et majestueux ;
Mais traînent à leurs pas cent frères qu'on bafoue,
Dérisoires martyrs de hasards tortueux.

Le sel pareil des pleurs ronge leur douce joue,
Ils mangent de la cendre avec le même amour,
Mais vulgaire ou bouffon le destin qui les roue.

Ils pouvaient exciter aussi comme un tambour
La servile pitié des races à voix ternes,
Égaux de Prométhée à qui manque un vautour !

Non, vils et fréquentant les déserts sans citerne,
Ils courent sous le fouet d'un monarque rageur,
Le Guignon, dont le rire inouï les prosterne.

Amants, il saute en croupe à trois, le partageur !
Puis le torrent franchi, vous plonge en une mare
Et laisse un bloc boueux du blanc couple nageur.

Grâce à lui, si l'un souffle à son buccin bizarre,
Des enfants nous tordront en un rire obstiné
Qui, le poing à leur cul, singeront sa fanfare.

Grâce à lui, si l'une orne à point un sein fané
Par une rose qui nubile le rallume,
De la bave luira sur son bouquet damné.

Et ce squelette nain, coiffé d'un feutre à plume
Et botté, dont l'aisselle a pour poils vrais des vers,
Est pour eux l'infini de la vaste amertume.

Vexés ne vont-ils pas provoquer le pervers,
Leur rapière grinçant suit le rayon de lune
Qui neige en sa carcasse et qui passe au travers.

Désolés sans l'orgueil qui sacre l'infortune,
Et tristes de venger leurs os de coups de bec,
Ils convoitent la haine, au lieu de la rancune.

Ils sont l'amusement des racleurs de rebec,
Des marmots, des putains et de la vieille engeance
Des loqueteux dansant quand le broc est à sec.

Les poètes bons pour l'aumône ou la vengeance,
Ne connaissant le mal de ces dieux effacés,
Les disent ennuyeux et sans intelligence.

« Ils peuvent fuir ayant de chaque exploit assez,
Comme un vierge cheval écume de tempête
Plutôt que de partir en galops cuirassés.

Nous soûlerons d'encens le vainqueur dans la fête :
Mais eux, pourquoi n'endosser pas, ces baladins,
D'écarlate haillon hurlant que l'on s'arrête ! »

Quand en face tous leur ont craché tes dédains,
Nuls et la barbe à mots bas priant le tonnerre,
Ces héros excédés de malaises badins

Vont ridiculement se pendre au réverbère.

Apparition

La lune s'attristait. Des séraphins en pleurs
Rêvant, l'archet aux doigts dans le calme des fleurs
Vaporeuses, tiraient de mourantes violes
De blancs sanglots glissant sur l'azur des corolles
– C'était le jour béni de ton premier baiser.
Ma songerie aimant à me martyriser
S'enivrait savamment du parfum de tristesse
Que même sans regret et sans déboire laisse

La cueillaison d'un Rêve au cœur qui l'a cueilli.
J'errais donc, l'œil rivé sur le pavé vieilli
Quand avec du soleil aux cheveux, dans la rue
Et dans le soir, tu m'es en riant apparue
Et j'ai cru voir la fée au chapeau de clarté
Qui jadis sur mes beaux sommeils d'enfant gâté
Passait, laissant toujours de ses mains mal fermées
Neiger de blancs bouquets d'étoiles parfumées.

Placet futile

Princesse ! à jalouser le destin d'une Hébé
Qui poind sur cette tasse au baiser de vos lèvres,
J'use mes feux mais n'ai rang discret que d'abbé
Et ne figurerai même nu sur le Sèvres.

Comme je ne suis pas ton bichon embarbé,
Ni la pastille ni du rouge, ni jeux mièvres
Et que sur moi je sais ton regard clos tombé,
Blonde dont les coiffeurs divins sont des orfèvres !

Nommez-nous… toi de qui tant de ris framboisés
Se joignent en troupeau d'agneaux apprivoisés
Chez tous broutant les vœux et bêlant aux délires,

Nommez-nous… pour qu'Amour ailé d'un éventail
M'y peigne flûte aux doigts endormant ce bercail,
Princesse, nommez nous berger de vos sourires.

Le Pitre châtié

Yeux, lacs avec ma simple ivresse de renaître
Autre que l'histrion qui du geste évoquait
Comme plume la suie ignoble des quinquets,
J'ai troué dans le mur de toile une fenêtre.

De ma jambe et des bras limpide nageur traître,
À bonds multipliés, reniant le mauvais
Hamlet ! c'est comme si dans l'onde j'innovais
Mille sépulcres pour y vierge disparaître.

Hilare or de cymbale à des poings irrité,
Tout à coup le soleil frappe la nudité
Qui pure s'exhala de ma fraîcheur de nacre,

Rance nuit de la peau quand sur moi vous passiez,
Ne sachant pas, ingrat ! que c'était tout mon sacre,
Ce fard noyé dans l'eau perfide des glaciers.

Les Fenêtres

Las du triste hôpital, et de l'encens fétide
Qui monte en la blancheur banale des rideaux
Vers le grand crucifix ennuyé du mur vide,
Le moribond sournois y redresse un vieux dos,

Se traîne et va, moins pour chauffer sa pourriture
Que pour voir du soleil sur les pierres, coller
Les poils blancs et les os de la maigre figure
Aux fenêtres qu'un beau rayon clair veut hâler,

Et la bouche, fiévreuse et d'azur bleu vorace,
Telle, jeune, elle alla respirer son trésor,
Une peau virginale et de jadis ! encrasse
D'un long baiser amer les tièdes carreaux d'or.

Ivre, il vit, oubliant l'horreur des saintes huiles,
Les tisanes, l'horloge et le lit infligé,
La toux ; et quand le soir saigne parmi les tuiles,
Son œil, à l'horizon de lumière gorgé,

Voit des galères d'or, belles comme des cygnes,
Sur un fleuve de pourpre et de parfums dormir
En berçant l'éclair fauve et riche de leurs lignes
Dans un grand nonchaloir chargé de souvenir !

Ainsi, pris du dégoût de l'homme à l'âme dure
Vautré dans le bonheur, où ses seuls appétits
Mangent, et qui s'entête à chercher cette ordure
Pour l'offrir à la femme allaitant ses petits,

Je fuis et je m'accroche à toutes les croisées
D'où l'on tourne l'épaule à la vie, et, béni,
Dans leur verre, lavé d'éternelles rosées,
Que dore le matin chaste de l'Infini

Je me mire et me vois ange ! et je meurs, et j'aime
– Que la vitre soit l'art, soit la mysticité –
À renaître, portant mon rêve en diadème,
Au ciel antérieur où fleurit la Beauté !

Mais, hélas ! Ici-bas est maître : sa hantise
Vient m'écœurer parfois jusqu'en cet abri sûr,

Et le vomissement impur de la Bêtise
Me force à me boucher le nez devant l'azur.

Est-il moyen, ô Moi qui connais l'amertume,
D'enfoncer le cristal par le monstre insulté
Et de m'enfuir, avec mes deux ailes sans plume
– Au risque de tomber pendant l'éternité ?

Les Fleurs

Des avalanches d'or du vieil azur, au jour
Premier et de la neige éternelle des astres
Jadis tu détachas les grands calices pour
La terre jeune encore et vierge de désastres,

Le glaïeul fauve, avec les cygnes au col fin,
Et ce divin laurier des âmes exilées
Vermeil comme le pur orteil du séraphin
Que rougit la pudeur des aurores foulées,

L'hyacinthe, le myrte à l'adorable éclair
Et, pareille à la chair de la femme, la rose
Cruelle, Hérodiade en fleur du jardin clair,
Celle qu'un sang farouche et radieux arrose !

Et tu fis la blancheur sanglotante des lys
Qui roulant sur des mers de soupirs qu'elle effleure
À travers l'encens bleu des horizons pâlis
Monte rêveusement vers la lune qui pleure !

Hosannah sur le cistre et dans les encensoirs,
Notre dame, hosannah du jardin de nos limbes !
Et finisse l'écho par les célestes soirs,
Extase des regards, scintillement des nimbes !

Ô Mère, qui créas en ton sein juste et fort,
Calices balançant la future fiole,
De grandes fleurs avec la balsamique Mort
Pour le poète las que la vie étiole.

Renouveau

Le printemps maladif a chassé tristement
L'hiver, saison de l'art serein, l'hiver lucide,
Et dans mon être à qui le sang morne préside
L'impuissance s'étire en un long bâillement.

Des crépuscules blancs tiédissent sous mon crâne
Qu'un cercle de fer serre ainsi qu'un vieux tombeau,
Et, triste, j'erre après un rêve vague et beau,
Par les champs où la sève immense se pavane

Puis je tombe énervé de parfums d'arbres, las,
Et creusant de ma face une fosse à mon rêve,
Mordant la terre chaude où poussent les lilas,

J'attends, en m'abîmant que mon ennui s'élève…
– Cependant l'Azur rit sur la haie et l'éveil
De tant d'oiseaux en fleur gazouillant au soleil.

Angoisse

Je ne viens pas ce soir vaincre ton corps, ô bête
En qui vont les péchés d'un peuple, ni creuser
Dans tes cheveux impurs une triste tempête
Sous l'incurable ennui que verse mon baiser :

Je demande à ton lit le lourd sommeil sans songes
Planant sous les rideaux inconnus du remords,
Et que tu peux goûter après tes noirs mensonges,
Toi qui sur le néant en sais plus que les morts :

Car le Vice, rongeant ma native noblesse,
M'a comme toi marqué de sa stérilité,
Mais tandis que ton sein de pierre est habité

Par un cœur que la dent d'aucun crime ne blesse,
Je fuis, pâle, défait, hanté par mon linceul,
Ayant peur de mourir lorsque je couche seul.

Las de l'amer repos où ma paresse offense
Une gloire pour qui jadis j'ai fui l'enfance
Adorable des bois de roses sous l'azur
Naturel, et plus las sept fois du pacte dur
De creuser par veillée une fosse nouvelle
Dans le terrain avare et froid de ma cervelle,
Fossoyeur sans pitié pour la stérilité,
– Que dire à cette Aurore, ô Rêves, visité
Par les roses, quand, peur de ses roses livides,
Le vaste cimetière unira les trous vides ? –
Je veux délaisser l'Art vorace d'un pays
Cruel, et, souriant aux reproches vieillis
Que me font mes amis, le passé, le génie,
Et ma lampe qui sait pourtant mon agonie,
Imiter le Chinois au cœur limpide et fin
De qui l'extase pure est de peindre la fin
Sur ses tasses de neige à la lune ravie
D'une bizarre fleur qui parfume sa vie
Transparente, la fleur qu'il a sentie, enfant,
Au filigrane bleu de l'âme se greffant.
Et, la mort telle avec le seul rêve du sage,
Serein, je vais choisir un jeune paysage
Que je peindrais encor sur les tasses, distrait.
Une ligne d'azur mince et pâle serait
Un lac, parmi le ciel de porcelaine nue,
Un clair croissant perdu par une blanche nue
Trempe sa corne calme en la glace des eaux,
Non loin de trois grands cils d'émeraude, roseaux.

Le Sonneur

Cependant que la cloche éveille sa voix claire
À l'air pur et limpide et profond du matin
Et passe sur l'enfant qui jette pour lui plaire
Un angelus parmi la lavande et le thym,

Le sonneur effleuré par l'oiseau qu'il éclaire,
Chevauchant tristement en geignant du latin
Sur la pierre qui tend la corde séculaire,
N'entend descendre à lui qu'un tintement lointain.

Je suis cet homme. Hélas ! de la nuit désireuse,
J'ai beau tirer le câble à sonner l'Idéal,
De froids péchés s'ébat un plumage féal,

Et la voix ne me vient que par bribes et creuse !
Mais, un jour, fatigué d'avoir enfin tiré,
Ô Satan, j'ôterai la pierre et me pendrai.

Tristesse d'Été

Le soleil, sur le sable, ô lutteuse endormie,
En l'or de tes cheveux chauffe un bain langoureux
Et, consumant l'encens sur ta joue ennemie,
Il mêle avec les pleurs un breuvage amoureux.

De ce blanc flamboiement l'immuable accalmie
T'a fait dire, attristée, ô mes baisers peureux
« Nous ne serons jamais une seule momie
Sous l'antique désert et les palmiers heureux ! »

Mais ta chevelure est une rivière tiède,
Où noyer sans frissons l'âme qui nous obsède
Et trouver ce Néant que tu ne connais pas

Je goûterai le fard pleuré par tes paupières,
Pour voir s'il sait donner au cœur que tu frappas
L'insensibilité de l'azur et des pierres.

L'Azur

De l'éternel Azur la sereine ironie
Accable, belle indolemment comme les fleurs,
Le poète impuissant qui maudit son génie
À travers un désert stérile de Douleurs.

Fuyant, les yeux fermés, je le sens qui regarde
Avec l'intensité d'un remords atterrant,
Mon âme vide. Où fuir ? Et quelle nuit hagarde
Jeter, lambeaux, jeter sur ce mépris navrant ?

Brouillards, montez ! Versez vos cendres monotones
Avec de longs haillons de brume dans les cieux
Que noiera le marais livide des automnes,
Et bâtissez un grand plafond silencieux !

Et toi, sors des étangs léthéens et ramasse
En t'en venant la vase et les pâles roseaux,
Cher Ennui, pour boucher d'une main jamais lasse
Les grands trous bleus que font méchamment les oiseaux.

Encor ! que sans répit les tristes cheminées
Fument, et que de suie une errante prison
Éteigne dans l'horreur de ses noires traînées
Le soleil se mourant jaunâtre à l'horizon !

– Le Ciel est mort. – Vers toi, j'accours ! donne, ô matière,
L'oubli de l'Idéal cruel et du Péché
À ce martyr qui vient partager la litière
Où le bétail heureux des hommes est couché,

Car j'y veux, puisque enfin ma cervelle, vidée
Comme le pot de fard gisant au pied d'un mur,
N'a plus l'art d'attifer la sanglotante idée,
Lugubrement bâiller vers un trépas obscur…

En vain ! l'Azur triomphe, et je l'entends qui chante
Dans les cloches. Mon âme, il se fait voix pour plus
Nous faire peur avec sa victoire méchante,
Et du métal vivant sort en bleus angelus !

Il roule par la brume, ancien et traverse
Ta native agonie ainsi qu'un glaive sûr ;

Où fuir dans la révolte inutile et perverse ?
Je suis hanté. L'Azur ! l'Azur ! l'Azur ! l'Azur !

Brise marine

La chair est triste, hélas ! et j'ai lu tous les livres.
Fuir ! là-bas fuir ! Je sens que des oiseaux sont ivres
D'être parmi l'écume inconnue et les cieux !
Rien, ni les vieux jardins reflétés par les yeux
Ne retiendra ce cœur qui dans la mer se trempe
Ô nuits ! ni la clarté déserte de ma lampe
Sur le vide papier que la blancheur défend,
Et ni la jeune femme allaitant son enfant.

Je partirai ! Steamer balançant ta mâture
Lève l'ancre pour une exotique nature !
Un Ennui, désolé par les cruels espoirs,
Croit encore à l'adieu suprême des mouchoirs !
Et, peut-être, les mâts, invitant les orages
Sont-ils de ceux qu'un vent penche sur les naufrages
Perdus, sans mâts, sans mâts, ni fertiles îlots…
Mais, ô mon cœur, entends le chant des matelots !

Soupir

Mon âme vers ton front où rêve, ô calme sœur,
Un automne jonché de taches de rousseur,
Et vers le ciel errant de ton œil angélique
Monte, comme dans un jardin mélancolique,
Fidèle, un blanc jet d'eau soupire vers l'Azur !
– Vers l'Azur attendri d'Octobre pâle et pur
Qui mire aux grands bassins sa langueur infinie
Et laisse, sur l'eau morte où la fauve agonie
Des feuilles erre au vent et creuse un froid sillon,
Se traîner le soleil jaune d'un long rayon.

Aumône

Prends ce sac, Mendiant ! tu ne le cajolas
Sénile nourrisson d'une tétine avare
Afin de pièce à pièce en égoutter ton glas.

Tire du métal cher quelque péché bizarre
Et vaste comme nous, les poings pleins, le baisons
Souffles-y qu'il se torde ! une ardente fanfare.

Église avec l'encens que toutes ces maisons
Sur les murs quand berceur d'une bleue éclaircie
Le tabac sans parler roule les oraisons,

Et l'opium puissant brise la pharmacie !
Robes et peau, veux-tu lacérer le satin
Et boire en la salive heureuse l'inertie,

Par les cafés princiers attendre le matin ?
Les plafonds enrichis de nymphes et de voiles,
On jette, au mendiant de la vitre, un festin.

Et quand tu sors, vieux dieu, grelottant sous tes toiles
D'emballage, l'aurore est un lac de vin d'or
Et tu jures avoir au gosier les étoiles !

Faute de supputer l'éclat de ton trésor,
Tu peux du moins t'orner d'une plume, à complies
Servir un cierge au saint en qui tu crois encor.

Ne t'imagine pas que je dis des folies.
La terre s'ouvre vieille à qui crève la faim.
Je hais une autre aumône et veux que tu m'oublies

Et surtout ne vas pas, frère, acheter du pain.

Don du Poème

Je t'apporte l'enfant d'une nuit d'Idumée !
Noire, à l'aile saignante et pâle, déplumée,
Par le verre brûlé d'aromates et d'or,
Par les carreaux glacés, hélas ! mornes encor,
L'aurore se jeta sur la lampe angélique.
Palmes ! et quand elle a montré cette relique
À ce père essayant un sourire ennemi,
La solitude bleue et stérile a frémi.

Ô la berceuse, avec la fille et l'innocence
De vos pieds froids, accueille une horrible naissance :
Et ta voix rappelant viole et clavecin,
Avec le doigt fané presseras-tu le sein
Par qui coule en blancheur sibylline la femme
Pour des lèvres que l'air du vierge azur affame ?

Hérodiade

Scène

La Nourrice – Hérodiade

N.

Tu vis ! ou vois-je ici l'ombre d'une princesse ?
À mes lèvres tes doigts et leurs bagues et cesse
De marcher dans un âge ignoré…

H.

Reculez.
Le blond torrent de mes cheveux immaculés,
Quand il baigne mon corps solitaire le glace
D'horreur, et mes cheveux que la lumière enlace
Sont immortels. Ô femme, un baiser me tuerait
Si la beauté n'était la mort…
Par quel attrait
Menée et quel matin oublié des prophètes
Verse, sur les lointains mourants, ses tristes fêtes,
Le sais-je ? tu m'as vue, ô nourrice d'hiver,
Sous la lourde prison de pierres et de fer
Où de mes vieux lions traînent les siècles fauves
Entrer, et je marchais, fatale, les mains sauves,
Dans le parfum désert de ces anciens rois :
Mais encore as-tu vu quels furent mes effrois ?
Je m'arrête rêvant aux exils, et j'effeuille,
Comme près d'un bassin dont le jet d'eau m'accueille,
Les pâles lys qui sont en moi, tandis qu'épris
De suivre du regard les languides débris
Descendre, à travers ma rêverie, en silence,
Les lions, de ma robe écartent l'indolence
Et regardent mes pieds qui calmeraient la mer.
Calme, toi, les frissons de ta sénile chair,
Viens et ma chevelure imitant les manières
Trop farouches qui font votre peur des crinières,
Aide-moi, puisqu'ainsi tu n'oses plus me voir,
À me peigner nonchalamment dans un miroir.

N.

Sinon la myrrhe gaie en ses bouteilles closes,
De l'essence ravie aux vieillesses de roses,

Voulez-vous, mon enfant, essayez la vertu
Funèbre ?

H.

Laisse là ces parfums ! ne sais-tu
Que je les hais, nourrice, et veux-tu que je sente
Leur ivresse noyer ma tête languissante ?
Je veux que mes cheveux qui ne sont pas des fleurs
À répandre l'oubli des humaines douleurs,
Mais de l'or, à jamais vierge des aromates,
Dans leurs éclairs cruels et dans leurs pâleurs mates,
Observent la froideur stérile du métal,
Vous ayant reflétés, joyaux du mur natal,
Armes, vases, depuis ma solitaire enfance.

N.

Pardon ! l'âge effaçait, reine, votre défense
De mon esprit pâli comme un vieux livre ou noir…

H.

Assez ! Tiens devant moi ce miroir.
Ô miroir !
Eau froide par l'ennui dans ton cadre gelée
Que de fois et pendant les heures, désolée
Des songes et cherchant mes souvenirs qui sont
Comme des feuilles sous ta glace au trou profond,
Je m'apparus en toi comme une ombre lointaine.
Mais, horreur ! des soirs, dans ta sévère fontaine,
J'ai de mon rêve épars connu la nudité !

Nourrice, suis-je belle ?

N.

Un astre, en vérité
Mais cette tresse tombe…

H.

Arrête dans ton crime
Qui refroidit mon sang vers sa source, et réprime
Ce geste, impiété fameuse : ah ! conte-moi
Quel sûr démon te jette en le sinistre émoi,
Ce baiser, ces parfums offerts et, le dirai-je ?
Ô mon cœur, cette main encore sacrilège,

Car tu voulais, je crois, me toucher, sont un jour
Qui ne finira pas sans malheur sur la tour…
Ô jour qu'Hérodiade avec effroi regarde !

N.

Temps bizarre, en effet, de quoi le ciel vous garde !
Vous errez, ombre seule et nouvelle fureur,
Et regardant en vous, précoce, avec terreur ;
Mais pourtant adorable autant qu'une immortelle,
Ô mon enfant, et belle affreusement et telle
Que…

H.

Mais n'allais-tu pas me toucher ?

N.

… J'aimerais
Être à qui le Destin réserve vos secrets.

H.

Oh ! tais-toi !

N.

Viendra-t-il parfois ?

H.

Étoiles pures,
N'entendez pas !

N.

Comment, sinon parmi d'obscures
Épouvantes, songer plus implacable encor
Et comme suppliant le dieu que le trésor
De votre grâce attend ! et pour qui, dévorée
D'angoisses, gardez-vous la splendeur ignorée
Et le mystère vain de votre être ?

H.

Pour moi.

N.

Triste fleur qui croît seule et n'a pas d'autre émoi
Que son ombre dans l'eau vue avec atonie.

H.

Va, garde ta pitié comme ton ironie.

N.

Toutefois expliquez : oh ! non, naïve enfant,
Décroîtra, quelque jour, ce dédain triomphant…

H.

Mais qui me toucherait, des lions respectée ?
Du reste, je ne veux rien d'humain et, sculptée,
Si tu me vois les yeux perdus aux paradis,
C'est quand je me souviens de ton lait bu jadis.

N.

Victime lamentable à son destin offerte !

H.

Oui, c'est pour moi, pour moi, que je fleuris, déserte !
Vous le savez, jardins d'améthyste, enfouis
Sans fin dans de savants abîmes éblouis,
Ors ignorés, gardant votre antique lumière
Sous le sombre sommeil d'une terre première,
Vous, pierres où mes yeux comme de purs bijoux
Empruntent leur clarté mélodieuse, et vous
Métaux qui donnez à ma jeune chevelure
Une splendeur fatale et sa massive allure !
Quant à toi, femme née en des siècles malins
Pour la méchanceté des antres sibyllins,
Qui parles d'un mortel ! selon qui, des calices
De mes robes, arôme aux farouches délices,
Sortirait le frisson blanc de ma nudité,
Prophétise que si le tiède azur d'été,
Vers lui nativement la femme se dévoile,
Me voit dans ma pudeur grelottante d'étoile,
Je meurs !

J'aime l'horreur d'être vierge et je veux
Vivre parmi l'effroi que me font mes cheveux
Pour, le soir, retirée en ma couche, reptile
Inviolé, sentir en la chair inutile
Le froid scintillement de ta pâle clarté,
Toi qui te meurs, toi qui brûles de chasteté,
Nuit blanche de glaçons et de neige cruelle !

Et ta sœur solitaire, ô ma sœur éternelle,
Mon rêve montera vers toi : telle déjà,
Rare limpidité d'un cœur qui le songea,
Je me crois seule en ma monotone patrie,
Et tout, autour de moi, vit dans l'idolâtrie
D'un miroir qui reflète en son calme dormant
Hérodiade au clair regard de diamant…
Ô charme dernier, oui ! je le sens, je suis seule.

N.

Madame, allez-vous donc mourir ?

H.

Non, pauvre aïeule,
Sois calme et, t'éloignant, pardonne à ce cœur dur,
Mais avant, si tu veux, clos les volets : l'azur
Séraphique sourit dans les vitres profondes,
Et je déteste, moi, le bel azur !

Des ondes
Se bercent et, là-bas, sais-tu pas un pays
Où le sinistre ciel ait les regards haïs
De Vénus qui, le soir, brûle dans le feuillage :
J'y partirais.

Allume encore, enfantillage,
Dis-tu, ces flambeaux où la cire au feu léger
Pleure parmi l'or vain quelque pleur étranger
Et…

N.

Maintenant ?

H.

Adieu.
Vous mentez, ô fleur nue
De mes lèvres !
J'attends une chose inconnue
Ou peut-être, ignorant le mystère et vos cris,
Jetez-vous les sanglots suprêmes et meurtris
D'une enfance sentant parmi les rêveries
Se séparer enfin ses froides pierreries.

L'Après-midi d'un Faune
Églogue

Le Faune

Ces nymphes, je les veux perpétuer.
Si clair, Leur incarnat léger, qu'il voltige dans l'air
Assoupi de sommeils touffus.
Aimai-je un rêve ?
Mon doute, amas de nuit ancienne, s'achève
En maint rameau subtil, qui, demeuré les vrais
Bois mêmes, prouve, hélas ! que bien seul je m'offrais
Pour triomphe la faute idéale de roses –
Réfléchissons…
ou si les femmes dont tu gloses
Figurent un souhait de tes sens fabuleux !
Faune, l'illusion s'échappe des yeux bleus
Et froids, comme une source en pleurs, de la plus chaste :
Mais, l'autre tout soupirs, dis-tu qu'elle contraste
Comme brise du jour chaude dans ta toison ?
Que non ! par l'immobile et lasse pâmoison
Suffoquant de chaleurs le matin frais s'il lutte,
Ne murmure point d'eau que ne verse ma flûte
Au bosquet arrosé d'accords ; et le seul vent
Hors des deux tuyaux prompt à s'exhaler avant
Qu'il disperse le son dans une pluie aride,
C'est, à l'horizon pas remué d'une ride,
Le visible et serein souffle artificiel
De l'inspiration, qui regagne le ciel.
Ô bords siciliens d'un calme marécage
Qu'à l'envi des soleils ma vanité saccage,
Tacites sous les fleurs d'étincelles, CONTEZ
Que je coupais ici les creux roseaux domptés
Par le talent ; quand, sur l'or glauque de lointaines
Verdures dédiant leur vigne à des fontaines,
Ondoie une blancheur animale au repos :
Et qu'au prélude lent où naissent les pipeaux,
Ce vol de cygnes, non ! de naïades se sauve
Ou plonge…
Inerte, tout brûle dans l'heure fauve

Sans marquer par quel art ensemble détala
Trop d'hymen souhaité de qui cherche le la :
Alors m'éveillerais-je à la ferveur première,
Droit et seul, sous un flot antique de lumière,
Lys ! et l'un de vous tous pour l'ingénuité.

Autre que ce doux rien par leur lèvre ébruité,
Le baiser, qui tout bas des perfides assure,
Mon sein, vierge de preuve, atteste une morsure
Mystérieuse, due à quelque auguste dent ;
Mais, bast ! arcane tel élut pour confident

Le jonc vaste et jumeau dont sous l'azur on joue :
Qui, détournant à soi le trouble de la joue,
Rêve, dans un solo long que nous amusions
La beauté d'alentour par des confusions
Fausses entre elle-même et notre chant crédule ;
Et de faire aussi haut que l'amour se module
Évanouir du songe ordinaire de dos
Ou de flanc pur suivis avec mes regards clos,
Une sonore, vaine et monotone ligne.

Tâche donc, instrument des fuites, ô maligne
Syrinx, de refleurir aux lacs où tu m'attends !
Moi, de ma rumeur fier, je vais parler longtemps
Des déesses ; et, par d'idolâtres peintures,
À leur ombre enlever encore des ceintures :
Ainsi, quand des raisins j'ai sucé la clarté,
Pour bannir un regret par ma feinte écarté,
Rieur, j'élève au ciel d'été la grappe vide
Et, soufflant dans ses peaux lumineuses, avide
D'ivresse, jusqu'au soir je regarde au travers.
Ô nymphes, regonflons des SOUVENIRS divers.
Mon œil, trouant les joncs, dardait chaque encolure
Immortelle, qui noie en l'onde sa brûlure
Avec un cri de rage au ciel de la forêt ;
Et le splendide bain de cheveux disparaît
Dans les clartés et les frissons, ô pierreries !
J'accours ; quand, à mes pieds, s'entrejoignent (meurtries
De la langueur goûtée à ce mal d'être deux)
Des dormeuses parmi leurs seuls bras hasardeux ;
Je les ravis, sans les désenlacer, et vole
À ce massif, haï par l'ombrage frivole,

De roses tarissant tout parfum au soleil,
Où notre ébat au jour consumé soit pareil.
Je t'adore, courroux des vierges, ô délice
Farouche du sacré fardeau nu qui se glisse,
Pour fuir ma lèvre en feu buvant, comme un éclair
Tressaille ! la frayeur secrète de la chair :
Des pieds de l'inhumaine au cœur de la timide
Que délaisse à la fois une innocence, humide
De larmes folles ou de moins tristes vapeurs.
Mon crime, c'est d'avoir, gai de vaincre ces peurs
Traîtresses, divisé la touffe échevelée
De baisers que les dieux gardaient si bien mêlée ;
Car, à peine j'allais cacher un rire ardent
Sous les replis heureux d'une seule (gardant
Par un doigt simple, afin que sa candeur de plume
Se teignît à l'émoi de sa sœur qui s'allume,
La petite, naïve et ne rougissant pas :)
Que de mes bras, défaits par de vagues trépas,
Cette proie, à jamais ingrate, se délivre
Sans pitié du sanglot dont j'étais encore ivre.

Tant pis ! vers le bonheur d'autres m'entraîneront
Par leur tresse nouée aux cornes de mon front :
Tu sais, ma passion, que, pourpre et déjà mûre,
Chaque grenade éclate et d'abeilles murmure ;
Et notre sang, épris de qui le va saisir,
Coule pour tout l'essaim éternel du désir.
À l'heure où ce bois d'or et de cendres se teinte.
Une fête s'exalte en la feuillée éteinte :

Etna ! c'est parmi toi visité de Vénus
Sur ta lave posant ses talons ingénus,
Quand tonne un somme triste ou s'épuise la flamme.
Je tiens la reine !
Ô sûr châtiment…

Non, mais l'âme
De paroles vacante et ce corps alourdi
Tard succombent au fier silence de midi :
Sans plus il faut dormir en l'oubli du blasphème,
Sur le sable altéré gisant et comme j'aime
Ouvrir ma bouche à l'astre efficace des vins !

Couple, adieu ; je vais voir l'ombre que tu devins.

La chevelure vol d'une flamme à l'extrême
Occident de désirs pour la tout déployer
Se pose (je dirais mourir un diadème)
Vers le front couronné son ancien foyer

Mais sans or soupirer que cette vive nue
L'ignition du feu toujours intérieur
Originellement la seule continue
Dans le joyau de l'œil véridique ou rieur

Une nudité de héros tendre diffame
Celle qui ne mouvant astre ni feux au doigt
Rien qu'à simplifier avec gloire la femme
Accomplit par son chef fulgurante l'exploit

De semer de rubis le doute qu'elle écorche
Ainsi qu'une joyeuse et tutélaire torche.

Sainte

À la fenêtre recélant
Le santal vieux qui se dédore
De sa viole étincelant
Jadis avec flûte ou mandore,

Est la Sainte pâle, étalant
Le livre vieux qui se déplie
Du Magnificat ruisselant
Jadis selon vêpre et complie :

À ce vitrage d'ostensoir
Que frôle une harpe par l'Ange
Formée avec son vol du soir
Pour la délicate phalange

Du doigt que, sans le vieux santal
Ni le vieux livre, elle balance
Sur le plumage instrumental,
Musicienne du silence.

Toast funèbre

Ô de notre bonheur, toi, le fatal emblème !

Salut de la démence et libation blême,
Ne crois pas qu'au magique espoir du corridor
J'offre ma coupe vide où souffre un monstre d'or !
Ton apparition ne va pas me suffire :
Car je t'ai mis, moi-même, en un lieu de porphyre.
Le rite est pour les mains d'éteindre le flambeau

Contre le fer épais des portes du tombeau :
Et l'on ignore mal, élu pour notre fête
Très simple de chanter l'absence du poète,
Que ce beau monument l'enferme tout entier :
Si ce n'est que la gloire ardente du métier,
Jusqu'à l'heure commune et vile de la cendre,
Par le carreau qu'allume un soir fier d'y descendre,
Retourne vers les feux du pur soleil mortel !

Magnifique, total et solitaire, tel
Tremble de s'exhaler le faux orgueil des hommes.
Cette foule hagarde ! elle annonce : Nous sommes
La triste opacité de nos spectres futurs.
Mais le blason des deuils épars sur de vains murs,
J'ai méprisé l'horreur lucide d'une larme,
Quand, sourd même à mon vers sacré qui ne l'alarme,
Quelqu'un de ces passants, fier, aveugle et muet,
Hôte de son linceul vague, se transmuait
En le vierge héros de l'attente posthume.
Vaste gouffre apporté dans l'amas de la brume
Par l'irascible vent des mots qu'il n'a pas dits,
Le néant à cet Homme aboli de jadis :
« Souvenir d'horizons, qu'est-ce, ô toi, que la Terre ?
Hurle ce songe ; et, voix dont la clarté s'altère,
L'espace a pour jouet le cri : « Je ne sais pas !

Le Maître, par un œil profond, a, sur ses pas,
Apaisé de l'éden l'inquiète merveille
Dont le frisson final, dans sa voix seule, éveille
Pour la Rose et le Lys le mystère d'un nom.
Est-il de ce destin rien qui demeure, non ?

Ô vous tous, oubliez une croyance sombre.
Le splendide génie éternel n'a pas d'ombre.
Moi, de votre désir soucieux, je veux voir,
À qui s'évanouit, hier, dans le devoir,
Idéal que nous font les jardins de cet astre,
Survivre pour l'honneur du tranquille désastre
Une agitation solennelle par l'air
De paroles, pourpre ivre et grand calice clair,
Que, pluie et diamant, le regard diaphane
Resté là sur ces fleurs dont nulle ne se fane,
Isole parmi l'heure et le rayon du jour !
C'est de nos vrais bosquets déjà tout le séjour,
Où le poète pur a pour geste humble et large
De l'interdire au rêve, ennemi de sa charge :
Afin que le matin de son repos altier,
Quand la mort ancienne est comme pour Gautier
De n'ouvrir pas les yeux sacrés et de se taire,
Surgisse, de l'allée ornement tributaire,
Le sépulcre solide où gît tout ce qui nuit,
Et l'avare silence et la massive nuit.

Prose

(pour des Esseintes)

Hyperbole ! de ma mémoire
Triomphalement ne sais-tu
Te lever, aujourd'hui grimoire
Dans un livre de fer vêtu :

Car j'installe, par la science,
L'hymne des cœurs spirituels
En l'œuvre de ma patience,
Atlas, herbiers et rituels.

Nous promenions notre visage
(Nous fûmes deux, je le maintiens)
Sur maints charmes de paysage,
Ô sœur, y comparant les tiens.

L'ère d'autorité se trouble
Lorsque, sans nul motif, on dit
De ce midi que notre double
Inconscience approfondit

Que, sol des cent iris, son site,
Ils savent s'il a bien été,
Ne porte pas de nom que cite
L'or de la trompette d'Été.

Oui, dans une île que l'air charge
De vue et non de visions
Toute fleur s'étalait plus large
Sans que nous en devisions.

Telles, immenses, que chacune
Ordinairement se para
D'un lucide contour, lacune,
Qui des jardins la sépara.

Gloire du long désir, Idées
Tout en moi s'exaltait de voir
La famille des iridées
Surgir à ce nouveau devoir,

Mais cette sœur sensée et tendre
Ne porta son regard plus loin
Que sourire et, comme à l'entendre
J'occupe mon antique soin.

Oh ! sache l'Esprit de litige,
À cette heure où nous nous taisons,
Que de lis multiples la tige
Grandissait trop pour nos raisons

Et non comme pleure la rive,
Quand son jeu monotone ment
À vouloir que l'ampleur arrive
Parmi mon jeune étonnement

D'ouïr tout le ciel et la carte
Sans fin attestés sur mes pas,
Par le flot même qui s'écarte,
Que ce pays n'exista pas.

L'enfant abdique son extase
Et docte déjà par chemins
Elle dit le mot : Anastase !
Né pour d'éternels parchemins,

Avant qu'un sépulcre ne rie
Sous aucun climat, son aïeul,
De porter ce nom : Pulchérie !
Caché par le trop grand glaïeul.

Éventail

de Madame Mallarmé

Avec comme pour langage
Rien qu'un battement aux cieux
Le futur vers se dégage
Du logis très précieux

Aile tout bas la courrière
Cet éventail si c'est lui
Le même par qui derrière
Toi quelque miroir a lui

Limpide (où va redescendre
Pourchassée en chaque grain
Un peu d'invisible cendre
Seule à me rendre chagrin)

Toujours tel il apparaisse
Entre tes mains sans paresse.

Autre Éventail

de Mademoiselle Mallarmé

Ô rêveuse, pour que je plonge
Au pur délice sans chemin,
Sache, par un subtil mensonge,
Garder mon aile dans ta main.

Une fraîcheur de crépuscule
Te vient à chaque battement
Dont le coup prisonnier recule
L'horizon délicatement.

Vertige ! voici que frissonne
L'espace comme un grand baiser
Qui, fou de naître pour personne,
Ne peut jaillir ni s'apaiser.

Sens-tu le paradis farouche
Ainsi qu'un rire enseveli
Se couler du coin de ta bouche
Au fond de l'unanime pli !

Le sceptre des rivages roses
Stagnants sur les soirs d'or, ce l'est,
Ce blanc vol fermé que tu poses
Contre le feu d'un bracelet.

Feuillet d'Album

Tout à coup et comme par jeu
Mademoiselle qui voulûtes
Ouïr se révéler un peu
Le bois de mes diverses flûtes

Il me semble que cet essai
Tenté devant un paysage
A du bon quand je le cessai
Pour vous regarder au visage

Oui ce vain souffle que j'exclus
Jusqu'à la dernière limite
Selon mes quelques doigts perclus
Manque de moyens s'il imite

Votre très naturel et clair
Rire d'enfant qui charme l'air.

Remémoration d'Amis belges

À des heures et sans que tel souffle l'émeuve
Toute la vétusté presque couleur encens
Comme furtive d'elle et visible je sens
Que se dévêt pli selon pli la pierre veuve

Flotte ou semble par soi n'apporter une preuve
Sinon d'épandre pour baume antique le temps
Nous immémoriaux quelques-uns si contents
Sur la soudaineté de notre amitié neuve

Ô très chers rencontrés en le jamais banal
Bruges multipliant l'aube au défunt canal
Avec la promenade éparse de maint cygne

Quand solennellement cette cité m'apprit
Lesquels entre ses fils un autre vol désigne
À prompte irradier ainsi qu'aile l'esprit.

Chansons Bas

I

(Le Savetier)

Hors de la poix rien à faire,
Le lys naît blanc, comme odeur
Simplement je le préfère
À ce bon raccommodeur.

Il va de cuir à ma paire
Adjoindre plus que je n'eus
Jamais, cela désespère
Un besoin de talons nus.

Son marteau qui ne dévie
Fixe de clous gouailleurs
Sur la semelle l'envie
Toujours conduisant ailleurs.

Il recréerait des souliers,
Ô pieds, si vous le vouliez !

II

(La Marchande d'Herbes Aromatiques)

Ta paille azur de lavandes,
Ne crois pas avec ce cil
Osé que tu me la vendes
Comme à l'hypocrite s'il

En tapisse la muraille
De lieux les absolus lieux
Pour le ventre qui se raille
Renaître aux sentiments bleus.

Mieux entre une envahissante
Chevelure ici mets-la
Que le brin salubre y sente,
Zéphirine, Paméla

Ou conduise vers l'époux
Les prémices de tes poux.

Billet à Whistler

Pas les rafales à propos
De rien comme occuper la rue
Sujette au noir vol de chapeaux ;
Mais une danseuse apparue

Tourbillon de mousseline ou
Fureur éparses en écumes
Que soulève par son genou
Celle même dont nous vécûmes

Pour tout, hormis lui, rebattu
Spirituelle, ivre, immobile
Foudroyer avec le tutu,
Sans se faire autrement de bile

Sinon rieur que puisse l'air
De sa jupe éventer Whistler.

Petit air

I

Quelconque une solitude
Sans le cygne ni le quai
Mire sa désuétude
Au regard que j'abdiquai

Ici de la gloriole
Haute à ne la pas toucher
Dont maint ciel se bariole
Avec les ors de coucher

Mais langoureusement longe
Comme de blanc linge ôté
Tel fugace oiseau se plonge
Exultatrice à côté

Dans l'onde toi devenue
Ta jubilation nue.

Petit air

II

Indomptablement a dû
Comme mon espoir s'y lance
Éclater là-haut perdu
Avec furie et silence,

Voix étrangère au bosquet
Ou par nul écho suivie,
L'oiseau qu'on n'ouït jamais
Une autre fois en la vie.

Le hagard musicien,
Cela dans le doute expire
Si de mon sein pas du sien
A jailli le sanglot pire

Déchiré va-t-il entier
Rester sur quelque sentier !

Plusieurs Sonnets

Quand l'ombre menaça de la fatale loi
Tel vieux Rêve, désir et mal de mes vertèbres,
Affligé de périr sous les plafonds funèbres
Il a ployé son aile indubitable en moi.

Luxe, ô salle d'ébène où, pour séduire un roi
Se tordent dans leur mort des guirlandes célèbres,
Vous n'êtes qu'un orgueil menti par les ténèbres
Aux yeux du solitaire ébloui de sa foi.

Oui, je sais qu'au lointain de cette nuit, la Terre
Jette d'un grand éclat l'insolite mystère,
Sous les siècles hideux qui l'obscurcissent moins.

L'espace à soi pareil qu'il s'accroisse ou se nie
Roule dans cet ennui des feux vils pour témoins
Que s'est d'un astre en fête allumé le génie.

Le vierge, le vivace et le bel aujourd'hui
Va-t-il nous déchirer avec un coup d'aile ivre
Ce lac dur oublié que hante sous le givre
Le transparent glacier des vols qui n'ont pas fui !

Un cygne d'autrefois se souvient que c'est lui
Magnifique mais qui sans espoir se délivre
Pour n'avoir pas chanté la région où vivre
Quand du stérile hiver a resplendi l'ennui.

Tout son col secouera cette blanche agonie
Par l'espace infligée à l'oiseau que le nie,
Mais non l'horreur du sol où le plumage est pris.

Fantôme qu'à ce lieu son pur éclat assigne,
Il s'immobilise au songe froid de mépris
Que vêt parmi l'exil inutile le Cygne.

Victorieusement fui le suicide beau
Tison de gloire, sang par écume, or, tempête !
Ô rire si là-bas une pourpre s'apprête
À ne tendre royal que mon absent tombeau.

Quoi ! de tout cet éclat pas même le lambeau
S'attarde, il est minuit, à l'ombre qui nous fête
Excepté qu'un trésor présomptueux de tête
Verse son caressé nonchaloir sans flambeau,

La tienne si toujours le délice ! la tienne
Oui seule qui du ciel évanoui retienne
Un peu de puéril triomphe en t'en coiffant

Avec clarté quand sur les coussins tu la poses
Comme un casque guerrier d'impératrice enfant
Dont pour te figurer il tomberait des roses.

Ses purs ongles très haut dédiant leur onyx,
L'Angoisse, ce minuit, soutient, lampadophore,
Maint rêve vespéral brûlé par le Phénix
Que ne recueille pas de cinéraire amphore

Sur les crédences, au salon vide : nul ptyx
Aboli bibelot d'inanité sonore,
(Car le Maître est allé puiser des pleurs au Styx
Avec ce seul objet dont le Néant s'honore.)

Mais proche la croisée au nord vacante, un or
Agonise selon peut-être le décor
Des licornes ruant du feu contre une nixe,

Elle, défunte nue en le miroir, encor
Que, dans l'oubli formé par le cadre, se fixe
De scintillations sitôt le septuor.

Le Tombeau d'Edgar Poe

Tel qu'en Lui-même enfin l'éternité le change,
Le Poète suscite avec un glaive nu
Son siècle épouvanté de n'avoir pas connu
Que la mort triomphait dans cette voix étrange !

Eux, comme un vil sursaut d'hydre oyant jadis l'ange
Donner un sens plus pur aux mots de la tribu
Proclamèrent très haut le sortilège bu
Dans le flot sans honneur de quelque noir mélange.

Du sol et de la nue hostiles, ô grief !
Si notre idée avec ne sculpte un bas-relief
Dont la tombe de Poe éblouissante s'orne

Calme bloc ici-bas chu d'un désastre obscur
Que ce granit du moins montre à jamais sa borne
Aux noirs vols du Blasphème épars dans le futur.

Le Tombeau de Charles Baudelaire

Le temple enseveli divulgue par la bouche
Sépulcrale d'égout bavant boue et rubis
Abominablement quelque idole Anubis
Tout le museau flambé comme un aboi farouche

Ou que le gaz récent torde la mèche louche
Essuyeuse on le sait des opprobres subis
Il allume hagard un immortel pubis
Dont le vol selon le réverbère découche

Quel feuillage séché dans les cités sans soir
Votif pourra bénir comme elle se rasseoir
Contre le marbre vainement de Baudelaire

Au voile qui la ceint absente avec frissons
Celle son Ombre même un poison tutélaire
Toujours à respirer si nous en périssons.

Tombeau

Anniversaire – Janvier 1897.

Le noir roc courroucé que la bise le roule
Ne s'arrêtera ni sous de pieuses mains
Tâtant sa ressemblance avec les maux humains
Comme pour en bénir quelque funeste moule.

Ici presque toujours si le ramier roucoule
Cet immatériel deuil opprime de maints
Nubiles plis l'astre mûri des lendemains
Dont un scintillement argentera la foule.

Qui cherche, parcourant le solitaire bond
Tantôt extérieur de notre vagabond –
Verlaine ? Il est caché parmi l'herbe, Verlaine

À ne surprendre que naïvement d'accord
La lèvre sans y boire ou tarir son haleine
Un peu profond ruisseau calomnié la mort.

Hommage

Le silence déjà funèbre d'une moire
Dispose plus qu'un pli seul sur le mobilier
Que doit un tassement du principal pilier
Précipiter avec le manque de mémoire.

Notre si vieil ébat triomphal du grimoire,
Hiéroglyphes dont s'exalte le millier
À propager de l'aile un frisson familier !
Enfouissez-le-moi plutôt dans une armoire.

Du souriant fracas originel haï
Entre elles de clartés maîtresses a jailli
Jusque vers un parvis né pour leur simulacre,

Trompettes tout haut d'or pâmé sur les vélins,
Le dieu Richard Wagner irradiant un sacre
Mal tû par l'encre même en sanglots sibyllins.

Hommage

Toute Aurore même gourde
À crisper un poing obscur
Contre des clairons d'azur
Embouchés par cette sourde

À le pâtre avec la gourde
Jointe au bâton frappant dur
Le long de son pas futur
Tant que la source ample sourde

Par avance ainsi tu vis
Ô solitaire Puvis
De Chavannes
jamais seul

De conduire le temps boire
À la nymphe sans linceul
Que lui découvre ta Gloire.

Au seul souci de voyager
Outre une Inde splendide et trouble
– Ce salut soit le messager
Du temps, cap que ta poupe double

Comme sur quelque vergue bas
Plongeante avec la caravelle
Écumait toujours en ébats
Un oiseau d'annonce nouvelle

Qui criait monotonement
Sans que la barre ne varie
Un inutile gisement
Nuit, désespoir et pierrerie

Par son chant reflété jusqu'au
Sourire du pâle Vasco.

I

Tout Orgueil fume-t-il du soir,
Torche dans un branle étouffée
Sans que l'immortelle bouffée
Ne puisse à l'abandon surseoir !

La chambre ancienne de l'hoir
De maint riche mais chu trophée
Ne serait pas même chauffée
S'il survenait par le couloir.

Affres du passé nécessaires
Agrippant comme avec des serres
Le sépulcre de désaveu,

Sous un marbre lourd qu'elle isole
Ne s'allume pas d'autre feu
Que la fulgurante console.

II

Surgi de la croupe et du bond
D'une verrerie éphémère
Sans fleurir la veillée amère
Le col ignoré s'interrompt.

Je crois bien que deux bouches n'ont
Bu, ni son amant ni ma mère,
Jamais à la même Chimère,
Moi, sylphe de ce froid plafond !

Le pur vase d'aucun breuvage
Que l'inexhaustible veuvage
Agonise mais ne consent,

Naïf baiser des plus funèbres !
À rien expirer annonçant
Une rose dans les ténèbres.

III

Une dentelle s'abolit
Dans le doute du Jeu suprême
À n'entrouvrir comme un blasphème
Qu'absence éternelle de lit.

Cet unanime blanc conflit
D'une guirlande avec la même
Enfui contre la vitre blême
Flotte plus qu'il n'ensevelit.

Mais chez qui du rêve se dore
Tristement dort une mandore
Au creux néant musicien

Telle que vers quelque fenêtre
Selon nul ventre que le sien
Filial on aurait pu naître.

Quelle soie aux baumes de temps
Où la Chimère s’exténue
Vaut la torse et native nue
Que, hors de ton miroir, tu tends !

Les trous de drapeaux méditants
S’exaltent dans notre avenue :
Moi, j’ai ta chevelure nue
Pour enfouir mes yeux contents.

Non ! La bouche ne sera sûre
De rien goûter à sa morsure,
S’il ne fait, ton princier amant,

Dans la considérable touffe
Expirer, comme un diamant,
Le cri des Gloires qu’il étouffe.

M'introduire dans ton histoire
C'est en héros effarouché
S'il a du talon nu touché
Quelque gazon de territoire

À des glaciers attentatoire
Je ne sais le naïf péché
Que tu n'auras pas empêché
De rire très haut sa victoire

Dis si je ne suis pas joyeux
Tonnerre et rubis aux moyeux
De voir en l'air que ce feu troue

Avec des royaumes épars
Comme mourir pourpre la roue
Du seul vespéral de mes chars.

À la nue accablante tu
Basse de basalte et de laves
À même les échos esclaves
Par une trompe sans vertu

Quel sépulcral naufrage (tu
Le sais, écume, mais y baves)
Suprême une entre les épaves
Abolit le mât dévêtu

Ou cela que furibond faute
De quelque perdition haute
Tout l'abîme vain éployé

Dans le si blanc cheveu qui traîne
Avarement aura noyé
Le flanc enfant d'une sirène.

Mes bouquins refermés sur le nom de Paphos,
Il m’amuse d’élire avec le seul génie
Une ruine, par mille écumes bénie
Sous l’hyacinthe, au loin, de ses jours triomphaux.

Coure le froid avec ses silences de faulx,
Je n’y hululerai pas de vide nénie
Si ce très blanc ébat au ras du sol dénie
À tout site l’honneur du paysage faux.

Ma faim qui d’aucuns fruits ici ne se régale
Trouve en leur docte manque une saveur égale :
Qu’un éclate de chair humain et parfumant !

Le pied sur quelque guivre où notre amour tisonne,
Je pense plus longtemps peut-être éperdument
À l’autre, au sein brûlé d’une antique amazone.

Table des matières